KB038540

엄마가 장롱 안에 숨었어요

엄마가 장롱 안에 숨었어요

심혁창 지음 / 펜그림 심현남

도서출판 한글

푼순이

촌뜨기

금붕어의 사랑

호랑이를 살려준 토끼

머 리 말

첫 번째 동화, 〈엄마가 장롱 안에 숨었어요〉의 푼순이는 정직한 아이라 거짓말을 못합니다. 얼마나 정직한지 어른들이 바보 '푼순이'라고 부릅니다. 하지만 정직하지 못한 사람이 진짜 '풀순이'라는 이야기입니다.

두 번째 동화, 〈새까만 촌뜨기〉는 사람 평가는 눈으로 보이는 것만 평가하면 안 되고 속사람을 알고해야 한다는 이야기입니다.

세 번째 동화, 〈금붕어의 사랑〉은 배고픈 아기거북이의 먹이가 되어준 금붕어 이야기로 작은 동물들의 아름다운 희생을 들려주는 이야기입니다.

네 번째 동화는 호랑이 먹이밖에 안 되는 토끼가 어떻게 호랑이를 살려주었을까 하는 이야기입니다.

해맑은 어린이들이 재미있게 읽어 주기를 바라며 동화 네 편을 모았습니다.

웃는곰 심혁창

차 례

풀순이

촌뜨기

누나

우리는 친구

엄마가 장롱 안에 숨었어요

엄마의 거짓말

누군가 대문을 탕탕! 하고 두드렸습니다.

엄마가 일렀습니다.

"다빈아, 나희 엄마거든 엄마 없다고 해. 알았지?"

"응, 우리 가훈대로 할게."

엄마는 건넌방 장롱 안으로 들어가 숨었습니다.

그동안 다빈이가 쪼르르 달려가 대문을 열었습니다. 나희 엄마였습니다.

"다빈아, 엄마 어디 계시냐?"

"우리 엄마요?"

"그래."

"우리 엄마가 나희 엄마 오시거든 없다고 하라고 하셨어요."

"뭐라고? 엄마가?"

다빈이가 손가락으로 가리키며 대답했습니다.

"건넌방 장롱 안에 숨으셨어요."

숨어서 다빈이가 하는 말을 다 들은 엄마가 혼자 중얼거렸습니다.

'아이고, 저 푼순이. 이를 어째.'

엄마가 장롱 안에서 나와 건넌방 문을 열고 말했습니다.

"나희 엄마……."

나희 엄마가 웃으며 말했습니다.

"숨어서 될 줄 알았어? 벌써 몇 번째야?"

"아직 마음의 결정이 안 되어서……."

"지금 결정해!"

"내 맘이 결정될 때까지만 기다려 줘."

"내가 이러는 건 내가 부르는 게 아니야. 하나님 명령을 받고 왔어."

"하나님이 할 일도 꽤 없나 보다. 그런 것까지 사람을 시키게."

"빨리 나와, 가자고."

"다음 주일에 갈게."

"벌써 몇 번째 다음 주일이야?"

"다음 주일에는 꼭 갈게."

나희 엄마는 아쉽다는 듯 돌아서며 다빈이 손을 잡았습니다.

"알았어. 오늘은 예쁜 다빈이나 데리고 가야지."

나희 엄마는 친절한 목소리로 말했습니다.

"다빈 천사야, 가자."

엄마는 교회에 가기 싫다고 하는데 나희 엄마는 주일마다 오셔서 엄마한테 교회에 가자고 졸랐습니다. 그래서 나희 엄마가 올 때쯤 되면 엄마는 숨었습니다.

다빈이는 나희 엄마를 따라 교회로 갔습니다. 교회 입구에는 많은 사람들이 곱게 차려 입고 나와서 서로 인사를 나누며 반가워했습니다.

'우리 엄마는 언제나 저 사람들처럼 교회에 나와서 저렇게 웃고 인사도 하실까.'

다빈이는 이런 생각을 하면서 주일학교 '나비반'으로 갔습니다. '나비반'의 선생님이 아이들 앞에서 예쁘게 웃으면서 성경 이야기를 들려주었습니다.

성경 이야기는 여러 번 들어서 더 듣지 않아도 다 압니다. 그런데도 선생님은 언제나 새로운 이야기를 하는 것처럼 손짓 발짓 눈짓을 해 가며 예쁘게 이야기를 재미있게 합니다.

그리고 공부가 끝나고 헤어질 때는 꼭 이렇게 말합니다.

"여러분은 예수님처럼 겸손하고 마음이 깨끗해야 합니다. 거짓말도 안 하고, 친구들과 싸우지도 않고, 부모님 말씀 잘 듣고, 남을 미워하지 않아야 합니다. 알았지요?"

아이들은 모두 한 목소리로 대답했습니다.

"네, 네, 네, 네."

박상준이와 이시우의 목소리가 가장 큽니다.

'나비반' 공부가 끝나고 아이들이 교회에서 우르르

몰려나왔습니다. 교회 문을 나서자마자 상준이하고 시우가 달라붙어 싸움을 벌였습니다.

다빈이는 둘 사이에 끼어들어 싸움을 말렸습니다.

"왜들 싸우는 거야? 선생님이 싸우지 말라고 하실 때는 '네, 네'하고 대답은 더 크게 했으면서 왜 싸우니?"

상준이가 말했습니다.

"시우가 내 발을 걸었어."

시우가 대들듯 말했습니다.

"아니야, 내 발에 재가 걸린 거야."

다빈이가 웃으며 심판을 했습니다.

"서로 발걸이를 했구나. 두 사람 다 안 넘어졌으니 무승부!"

다빈이 말에 상준이도 시우도 웃으며 악수를 했습니다.

푼순이가 된 엄마

다빈이가 두 사람을 향해 말했습니다.

"어른들이 그랬어. 아이들은 싸우면서 큰다고. 너희들은 그렇게 크는 거야. 날마다 싸우고 웃다 보면 어른이 되되겠지. 호호호."

다빈이가 하는 말을 들은 아이들은 금방 아무 일도 없었던 것처럼 낄낄거리며 앞서거니 뒤서거니 저쪽으로 달려갔습니다.

다빈이는 선생님이 말씀하신 대로 살아가는 아이입니다. 집으로 돌아온 다빈이가 엄마한테 인사를 했습니다.

"엄마, 교회 다녀왔어."

"그래, 잘했다. 이리 와 봐. 다빈아."

엄마는 다빈이를 광으로 데리고 갔습니다.

"다빈아, 엄마가 실수를 했어. 어제 아빠가 낚시로 잡아다 놓은 물고기 있었지?"

"응, 그런데 어디 있어?"

"내가 깜박하고 광문을 열어놓고 닫지를 않았더니 고양이가 다 물어갔다. 어쩌면 좋으냐?"

"엄마가 실수를 했네?"

"그래, 내가 실수를 했어. 아빠가 아시면 크게 화를 내실 텐데."

엄마는 잠깐 생각을 하시다가 말했습니다.

"그 물고기를 외할머니 댁에 가져다 드렸다고 하자. 네가 가져다 드리고 왔다고 해. 그러면 아빠도 화를 안 내실 거야."

"알았어. 가훈대로 할게."

"고맙다."

점심때 나가셨던 아빠가 저녁나절에 오셨습니다. 그리고 광을 들여다보시면서 물었습니다.

"여보, 어제 잡아다 놓은 물고기 잘 있는 거지?"

엄마가 다빈이를 보고 눈짓을 하면서 입을 열었습니

다.

"네, 그거요……."

이때 다빈이가 엄마 말을 가로막았습니다.

"아빠, 물고기는 한 마리도 없어요. 엄마가요, 어저께 광문을 열어 놓고 닫지를 않아서 고양이가 다 물어갔대요."

아빠가 눈을 휘둥그렇게 뜨고 엄마를 바라보았습니다. 엄마는 당황하여 어물어물 대답했습니다.

"그런 게 아니고……."

다빈이가 또 엄마 말을 막았습니다.

"엄마, 내가 말할게."

아빠는 다빈이를 사랑 가득한 눈으로 바라보며 대답을 기다렸습니다.

"그래, 네가 말해 봐."

"엄마가요, 나한테 그 물고기 외할머니 댁에 갖다 드렸다고 거짓말로 아빠한테 말하라고 했어요."

엄마는 눈살을 찡그리고 다빈이를 흘겨보며 말했습니다.

"저,저, 저런 푼순이……."

아빠가 갑자기 큰 소리로 웃었습니다.

"하하하하."

엄마가 놀라 물었습니다.

"왜 웃어요? 당신이."

아빠가 대답했습니다.

"푼순이는 다빈이가 아니라 당신이야, 당신. 하하하."

아빠는 푼돌이

다빈이 동생의 생일날입니다. 목사님을 모시고 온 가족이 점심식사를 했습니다.

식사 후에 목사님이 가시려고 타고 오신 자동차를 골목길에서 빼려다가 옆집 할머니가 공들여 가꾼 꽃밭을 차바퀴로 짓이겨 놓았습니다.

"이를 어쩌지요?"

목사님이 걱정스럽게 말하자 아빠가 대답했습니다.

"염려 마세요. 주인한테 제가 그랬다고 적당히 말씀드릴 테니 맘 쓰지 말고 편히 가십시오."

목사님은 미안하다고 몇 번씩 허리를 숙이고 인사한 다음 돌아갔습니다.

저녁때가 되어 옆집 할머니가 밖에서 돌아오시다가 꽃밭을 보셨습니다. 꽃과 호박 넝쿨이 뿌리가 뽑히고 줄기가 시든 것을 보시고 다빈이 아빠한테 와서 물었습니다.

"다빈이 아버지, 혹시 누가 우리 꽃밭을 저렇게 만들어 놓았는지 아시우?"

"그, 그건 누가 그랬나……."

아빠가 어물어물하는 것을 보고 다빈이는 놀랐습니다. 할머니가 오시면 아빠가 그랬다고 하기로 약속하고 목사님이 믿고 가셨는데 거짓말을 하려고 말끝을 흐리셨기 때문입니다.

할머니가 꽃과 호박 줄기를 집어 들고 안쓰러운 얼굴로 말했습니다.

"어떤 놈이 남의 화단을 이렇게 만들어 놓은 거야. 세상에 이런 나쁜 놈들이 있어서 맘 놓고 살 수가 없다니까."

아빠는 멀거니 서서 어쩔 줄 몰라 했습니다.

할머니가 어떤 놈이라고 하신 분은 목사님이잖아요. 목사님이 욕을 먹는데도 아빠는 입을 열지 못했습니다.

다빈이는 가만히 있을 수가 없었습니다. 그래서 사실대로 말하려는데 아빠가 눈짓을 했습니다. 모른다고 하라는 신호입니다.

그렇지만 다빈이는 할머니를 보고 입을 열었습니다.

"할머니, 그건요……."

이때 아빠가 급히 말을 막았습니다.

"할머니. 그, 그건 누가 그랬냐 하면……."

할머니가 물었습니다.

"그 사람을 아신단 말이우?"

"네, 그건……."

다빈이가 끼어들었습니다.

"할머니, 그건요, 우리 아빠가 그랬다고 하기로 약속했어요."

할머니가 물었습니다.

"이건 또 무슨 소리냐?"

다빈이가 말했습니다.

"그 사람을 욕하지 마시고……."

할머니가 다그쳐 물었습니다.

"그 사람이 누군데 욕하지 말라는 거냐?"

아빠가 얼른 대답했습니다.

"제가 그랬습니다. 당장에 꽃과 호박을 다시 심어서 가꾸어 드리겠습니다."

"다빈이 아빠가 안 한 것 같은데 그럴 것 없어요. 그렇게 해 놓은 사람을 대면 될 일을……."

다빈이가 바른대로 대답하려고 입을 열었습니다.

"그것은요……."

아빠가 또 말을 가로챘습니다.

"다빈이는 가만있어. 어른들이 말하는데 자꾸 나서는 거 아니다."

다빈이가 뾰로통해졌습니다.

"아빠는!"

할머니가 웃으시며 말했습니다.

"사람들이 널 보고 푼순이라고 하지만 난 네 말을

더 믿는다. 꽃은 너의 아빠가 다시 가꾸어 준다고 했으니 그 말을 믿기로 한다."

할머니가 바쁘게 돌아가고 나자 엄마가 저쪽에서 지켜보다가 깔깔 웃었습니다.

"호호호호, 당신은 푼순이가 아니라 푼돌이가 되고 말았어요. 다빈이 앞에서 거짓말이 통할 것 같아요?"

아빠가 쑥스럽게 웃으며 말했습니다.

"다빈이 앞에서는 거짓말도 못해."

다빈이가 말했습니다.

"아빠, 우리 집 가훈이 뭐예요?"

푼순이는 못 말려

아빠가 눈을 동그랗게 뜨고 물었습니다.

“가훈?”

다빈이가 대답했습니다.

"정직, 근면, 사랑!"

이렇게 반복하고 다빈이는 경로당으로 달려갔습니다. 친구들과 만나기로 약속했기 때문입니다.

경로당에는 경수가 먼저 나와 있었습니다. 기다려도 다른 아이들은 아무도 나오지 않았습니다. 경수가 기다리다가 재미없다고 툴툴거리며 자리에서 일어섰습

니다.

"애들도 안 오는데 난 가서 컴퓨터 게임할 거야."

경수는 날아가는 야구공처럼 저희 집으로 쌩하고 달려갔습니다. 그러나 다빈이는 누가 올지 모른다고 생각하고 경로당 풀밭에서 머리를 박고 이리저리 쉴 새 없이 기어다니는 벌레들을 들여다보았습니다.

벌레들은 무엇이 그리 바쁜지 모릅니다. 개미는 죽은 벌레를 물고 낑낑거리며 끌고 가고 또 이름도 모르는 작은 벌레는 가느다란 풀잎 사이를 빠르게 오르내립니다.

이때 차 소리가 들렸습니다. 차가 경로당 마당에 서더니 안에서 한 사람이 박스 두 개를 들고 내렸습니다. 그 사람은 박스를 내려놓으며 경로당 문을 향해 불렀습니다.

"안에 누구 계십니까?"

방안에서 할머니 둘이 화투를 치다가 내다보았습니다. 그 사람은 박스 두 개를 내밀면서 말했습니다.

"마침 어른들이 계셨군요. 이거 받으시지요."

하얀 머리 할머니가 물었습니다.

"이게 뭐유?"

"건넛마을 교회 창립 50주년 기념으로 교회에서 드리는 선물입니다. 이 경로당 회원이 몇 명이나 됩니까?"

"삼십 명쯤 되는데요."

"그럼 됐습니다. 이 두 박스면 됩니다. 이것만 드리고 갈 테니 회원들한테 나누어 주시지요. 저희는 바빠서 가겠습니다."

자동차가 떠나자 까만 머리 할머니가 박스를 가리키며 말했습니다.

"이거 우리가 하나씩 갖자. 힘들게 동네 사람들한테 나누어 줄 거 뭐 있어?"

하얀 머리 할머니가 다빈이 쪽을 손짓하며 말했습니다.

"저 애가 들어요."

"들으면 어때. 저 애는 푼순이라 아무것도 몰라."

"푼순이?"

"오죽하면 저 애 엄마가 푼순이라고 하겠수. 쟤는 들으나마나야."

"그래도……."

"쥐방울만한 게 뭘 알겠어. 하나씩 가질 거야, 안 가질 거야?"

"가집시다, 그까짓 거. 우리끼리 갖는다고 누가 알간?"

"그럽시다. 일단 화투나 마치고 갈 때 하나씩 가지고 갑시다."

그렇게 말한 두 할머니는 화투를 다시 치기 시작했습니다. 그때 갑자기 수다스럽기로 유명한 사실댁이 나타났습니다.

"아니, 아직도 화투를 치고 계슈? 사실 말이지 화투보다 재미있는 건 없지. 사실."

할머니들이 화투를 치다 말고 내다보았습니다.

"이 시간에 웬일이슈?"

"사실, 할 일이 없어서 누구라도 만날까 해서 왔수, 사실."

사실댁은 낯선 박스가 있는 것을 보고 물었습니다.

"저건 뭔가요? 사실."

까만 머리 할머니가 대답했습니다.

"아무것도 아니라우."

"그런데, 사실 왜 그게 거기 있나요?"

하얀 머리 할머니가 힐끗 보며 대답했습니다.

"누가 주어서 가져갈 거라우."

"사실, 요새 세상에 누가 그런 걸 거저 주는지 몰라도 참 고마운 사람들도 있어, 사실."

두 할머니가 화투를 끝내고 박스 하나씩을 들고 나왔습니다. 다빈이가 하얀 머리 할머니 곁으로 가까이 가서 귀에다 대고 소곤거렸습니다.

"할머니, 거짓말하면 안 되어요."

할머니가 눈을 동그랗게 뜨고 말했습니다.

"뭐라고?"

우습게보았더니 요것이

다빈이는 더 작은 소리로 말했습니다.

"할머니들이 다 가져가면 안 되어요."

"네가 뭘 안다고 그래?"

"다 들었어요. 동네 사람들한테 나누어 주셔야 해요."

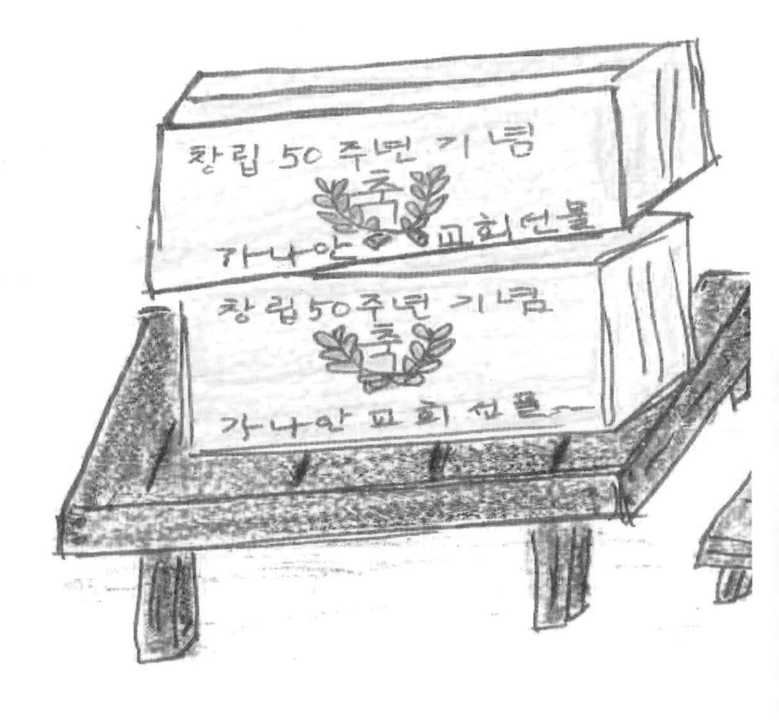

"이 푼순이가 무슨 소리를 하는 거야?"

"할머니, 안 그러시면 사실댁 아줌마한테 말할 거예요."

"뭐야?"

사실댁 아줌마가 이상하게 생각하고 물었습니다.

"다빈아, 사실, 무슨 비밀인데 할머니한테만 그래?"

다빈이가 대답했습니다.

"상아 엄마는 몰라도 되어요."

그리고 하얀 머리 할머니한테 귓속말을 했습니다.

"할머니, 욕심 부리시면 안 되어요. 저 할머니하고 둘이서 의논하세요. 내가 상아 엄마한테 말하기 전에요."

"어떻게 말이냐?"

"누가 할머니들한테 주었지만 동네 사람들하고 나누어 먹기로 했다고 하셔요."

"네가 그런 생각을?"

하얀 머리 할머니가 놀라워하며 까만 머리 할머니를 데리고 경로당 뒤로 가서 소곤거린 후 다시 나왔습니다.

수다쟁이 사실댁 경아 엄마는 큰 눈을 이리저리 굴리며 머리를 갸웃거렸습니다.

"사실, 사실, 이게 무슨 일이냐고? 얘, 다빈아, 말해봐라."

다빈이는 할머니들이 나와서 무슨 말을 하실까 기다렸습니다. 하얀 머리 할머니가 말했습니다.

"경아 엄마, 우리가 생각을 잘못한 것 같아."

"그게 무슨 말씀이세요? 사실?"

"누가 우리더러 가져가라고 한 건 맞지만 아무래도 동네 사람들하고 나누어 먹는 게 좋겠다고 생각하여 하는 말인데……."

"사실이 그렇다면 좋은 일이지요. 사실 나누어 먹는

맛이 혼자 먹는 맛보다 좋지요, 사실 말이지."

사실댁 경아 엄마는 아무것도 모르고 박스 속에서 내주는 선물을 들고 가면서 좋아했습니다. 하얀 머리 할머니가 저쪽에서 까만 머리 할머니한테 말했습니다.

"우리가 욕심을 너무 부렸어. 늙은 것들이 어린 다빈이만도 못해. 저 애 보기 부끄러워서 어째?"

"할 수 없지 뭐. 하마터면 큰코다칠 뻔했잖우. 어린 것을 우습게보았더니 어른을 가르치는 지혜까지 있구려, 고맙게도."

"재가 푼순이가 아니라 우리가 늙은 푼순이야. 후후후."

거지가 된 부자 할아버지

밖에서 돌아온 엄마가 아빠한테 물었습니다.

"목사님이 그러시는데 우리 마을 출신으로 서울에

가서 아주 큰 부자가 된 사람이 있다는데 아시우?"

"우리 마을 사람이?"

"목사님이 그러시는데 우리 마을에서 오십 년 전에 떠나 객지로 나가서 재벌이 된 사람이 있대요. 그 사람이 목사님한테 우리 마을에서 가장 착한 사람을 찾아 재산의 반을 나누어 주겠다고 전화를 했대요."

"거짓말일 거요. 우리 마을에 그런 사람도 없었지만 누가 마음이 가장 착한지 어떻게 알 수 있겠소."

"잘 생각해 봐요."

이 소문은 바로 온 마을에 퍼졌습니다. 사람들은 만나면 서로 누가 그런 사람인지 알아내려고 했지만 생각나는 사람이 없었습니다.

한동안 교회에 나가는 사람이나, 안 나가는 사람이나 모두가 그 부자에 대한 이야기로 반년이 넘도록 떠들썩하다가 잠잠해졌습니다.

사람들은 모두 반 년 사이에 그 말을 잊고 지냈습니다. 그러던 어느 날입니다. 마을 사람들은 보지도 듣지도 못한 고급 승용차를 탄 잘 생긴 사람이 나타났습니다.

그 사람을 보는 순간 마을 사람들은 모두가 눈이 휘둥그레졌습니다. 그리고 한 마디씩 했습니다.

"저 사람이 바로 그 재벌이다."

"아니다. 오십 년 전에 나간 사람이라면 지금쯤 일흔 살이 넘었을 텐데 너무 젊다."

"어쩌면 그 아들인지도 모른다."

그 잘생긴 사람은 이장을 찾았습니다. 이장은 그 사람이 재산을 나누어 주겠다는 부자로 생각하고 잘 보이기 위해 온갖 정성을 다해 대접했습니다.

이장뿐이 아닙니다. 온 마을 사람이 다 몰려들어 그 사람이 부자일 것이라고 생각하고 공연히 싱글거리며 친절을 베풀었습니다.

그 사람이 이장한테 말했습니다.

"마을에서 땅을 팔 사람이 있으면 알아주십시오. 지금 땅값보다 두 배 더 주고 사겠습니다."

그러자 마을 사람들은 너도나도 땅을 팔겠다고 했습니다. 그 사람은 땅을 팔겠다는 사람들의 이름을 적어 가지고 가면서 말했습니다.

"여러분, 친절하게 해주셔서 감사합니다. 다음에 땅값을 치르러 오겠습니다."

사람들은 모두 굽실거리며 그 사람을 부러운 눈으로 바라보았습니다. 눈이 부시게 번쩍거리는 차에 오른 그는 품위 있게 인사를 하고 떠났습니다.

다빈이 엄마가 집으로 돌아와 물었습니다.

"왜 당신은 땅을 안 내놓았어요?"

"안 팔아도 살아."

"값을 배나 준다는데 팔아 가지고 다른 마을로 가서 땅을 사면 두 배 이상 살 수 있잖아요?"

다빈이 아빠는 고개를 저었습니다.

"그래도 싫은 건 싫어."

마을 사람들은 땅을 팔지 않겠다는 사람과 팔겠다는 사람들로 갈렸습니다.

"겉만 번드레한 사기꾼인지 누가 알아? 진짜 돈을 가지고 와 봐야 믿지."

"사기꾼일수록 겉치레가 번지르르한 법이야."

"자네는 그 사람한테 땅을 판다고 입이 귀에 걸렸더군. 왜들 그렇게 부자라면 사족을 못 쓰고 좋아할까."

"누가 아니래. 부자라면 아무 이해관계도 없는 사람한테도 굽실대며 기를 못 펴는 사람을 보면 한심하단 말이야."

한바탕 마을을 소란하게 해놓고 간 그 사람은 가을이 지나고 겨울이 오도록 나타나지 않았습니다.

어느 사이에 마을 사람들은 땅 이야기가 시들해졌습니다. 사기꾼이 나타나 공연히 사람들 가슴에 바람만

잔뜩 넣고 갔다고 비아냥거리기도 했습니다.

겨울이 가까워오자 날씨가 추워지기 시작했습니다. 온다는 부자는 오지 않고 마을 입구에 웬 불쌍한 거지가 나타나 웅크리고 엎드려 지나가는 사람들한테 구걸을 했습니다.

"한 푼만 줍쇼."

거지는 엄청 보기 흉하게 생겼습니다. 머리는 산발인데다 얼룩얼룩한 옷은 너덜너덜하고 길게 늘어진 수염 사이로 보이는 입술은 밭에 버려진 하얀 고추껍데기 같았습니다.

어른들이 비웃는 푼순이

사람들은 거지 앞을 지나면서 얼굴을 찡그리며 외면했습니다. 아이들도 거지한테 손가락질을 하며 저희들끼리 재잘거리고 지나갔습니다. 교회 집사님도 장로님도 거지 앞을 지나가면서 돈 한 푼 던져주지 않

았습니다. 저녁때가 되도록 깡통은 비어 있었습니다.

다빈이는 불쌍한 거지를 바라보면서 목사님이 하신 말씀을 떠올렸습니다.

"내가 주릴 때 네가 먹을 것을 주었고, 목마를 때 마실 것을 주었고, 나그네 되었을 때 영접하였고, 벗었을 때 옷을 입혔고, 병들었을 때 돌아보았고, 옥에 갇혔을 때 와서 보았느니라. 네가 그렇게 한 것은 바로

나(하나님)에게 베푼 사랑이다."

다빈이가 다가가자 할아버지는 벌벌 떨고 있었습니다.

"할아버지 추워요?"

"음, 춥고 목이 마르다."

"물 갖다 드릴까요?"

"음, ㅇㅇㅇㅇ."

"많이 추워요?"

"물, 물이 마시고 싶다."

"알았어요. 기다리세요."

다빈이는 집으로 달려가서 엄마한테 말했습니다.

"엄마, 거지 할아버지가 불쌍해."

"나도 안다."

"할아버지가 목이 마르다고 물물 하고……."

"그래서 네가 물을 가져다주겠다고?"

"응."

"이그, 푼순이……."

다빈이는 물을 떠 가지고 거지 할아버지한테 갔습니다.

"할아버지, 물 가져왔어요."

할아버지는 두 손으로 물그릇을 받아들었습니다. 손은 허물이 벗겨지고 얼굴도 뱀 껍질 같았습니다. 할아버지는 물을 마시고 나서 다빈이를 바라보았습니다.

"고맙다. 으으으."

"많이 추워요?"

"추워……."

다빈이는 집으로 가서 엄마한테 말했습니다.

"엄마, 거지 할아버지가 추워서 벌벌 떨어."

"그래서 어쩌라는 거냐?"

"헌 담요라도 가져다줄까?"

"네가 뭘 안다고 그래! 네가 안 해도 다른 사람이 해 줄 거야."

"아무도 안 도와주는걸. 할아버지가 얼어 죽으면 어떡해?"

"네가 걱정한다고 될 일이 아니야."

"엄마, 목사님이 하신 말씀도 몰라? 배고픈 사람에게 먹을 것을 주고 목마른 사람한테 물을 주는 것이……."

"네가 말 안 해도 엄마는 더 잘 아는 소리, 그만해."

"엄마, 할아버지 도와드려."

"넌 그래서 푼순이 소리를 듣는 거야. 이 푼순아."

다빈이는 다시 할아버지한테 갔습니다. 어느새 해도 져서 사방이 컴컴하고 바람이 불어서 더 추웠습니다.

"할아버지, 우리 집으로 가실래요?"

"어딘데? 으으으."

"따라오세요."

다빈이가 할아버지를 모시고 집으로 가는 것을 본 마을 사람들이 쑥덕거렸습니다.

"저 푼순이 좀 봐. 애가 오지랖이 넓어서 탈이야."

"글쎄 말이우. 그러니 푼순이 소리를 듣지."

"푼순이 엄마는 얼마나 골치가 아플까. 거지를 데리고 가면 놀라 자빠지겠지."

"저 애가 교회에서 거지한테 물을 주고 어쩌고 하는 말만 믿고 저러는 걸 누가 말리겠어."

다빈이는 거지 할아버지를 사랑방으로 모셔놓고 엄마한테 말했습니다.

"엄마, 할아버지 모시고 왔어."

"뭐야?"

"할아버지는 배가 많이 고프셔. 먹을 것 좀 드려."

엄마는 기가 막혀서 말도 못하다가 마지못해 김치하고 밥을 담아 주었습니다.

허물 벗는 거지

거지 할아버지는 아주 맛있게 밥그릇을 비우고 다빈이를 불렀습니다.

"도와줘서 고맙다. 이왕이면 부탁 하나만 더 들어주겠니?"

"네, 할아버지."

"보기에 내가 아주 지저분하고 더럽지?"

"깨끗하지는 않아요."

"그런데도 나를 도와주니 고맙다."

"무슨 부탁인데요?"

"응, 목사님한테 가서 나한테 안수기도 좀 해 달라고 하면 안 되겠니?"

다빈이는 망설였습니다. 이렇게 지저분하고 징글맞게 생긴 거지를 목사님이 만나 주실 것 같지 않아서였습니다.

"할아버지도 하나님 믿으세요?"

"교회는 안 다녔지만 목사님이 나같이 생긴 사람도 손을 얹고 기도하면 병이 낫는다는 말을 들었다. 교회가 바로 가까이 있는 걸 보니 그런 생각이 들어."

"알았어요."

다빈이는 교회로 가서 목사님을 불렀습니다.

"목사님!"

"그래, 다빈이가 왔구나."

"목사님 안수기도할 줄 알아요?"

"하하하, 네가 별걸 다 묻는구나."

"안수기도해 달라는 사람이 있어요."

"누구냐? 그 사람이."

"어쩌면 목사님이 싫어하실지도 몰라요."

"누군데?"

"제가 이런 부탁했다고 나쁘게 생각하지 마세요. 저는 그 사람의 심부름을 왔어요. 안 가셔도 괜찮아요."

"네가 그러니까 안 갈 수가 없구나. 가 보자."

목사님은 다빈이를 따라 사랑방으로 들어갔습니다. 다빈이는 안방으로 들어가 엄마한테 말했습니다.

"엄마. 사랑방에 목사님이 오셨어."

"목사님이?"

"응. 할아버지한테 안수기도해 주러 오셨어."

"목사님이 그렇게 더러운 할아버지한테 기도를 해 주러 오셨다고?"

"내가 모시고 왔어."

"이런 푼순이. 목사님이 그런 사람을 만나시게 하면 어떡하니?"

"그 할아버지가 안수기도해 달라고 해서 모시고 왔

어."

엄마는 거지 할아버지가 보기 싫다고 사랑방에도 들어가지 않았습니다. 목사님이 방안에 들어서자 할아버지가 무릎을 꿇고 말했습니다.

"이렇게 오셔서 감사합니다. 이 거지한테 기도 좀 해주십시오."

목사님은 아주 겸손하게 함께 무릎을 꿇고 말했습니다.

"이 부족한 종에게 기도를 청하셨다 하니 감사합니다. 감히 제 능력으로 어찌 어르신의 소원을 들어드리겠습니까. 다 하나님이 하시는 일이오니 믿음으로 기도해 드리겠습니다."

목사님은 할아버지의 때 더께가 덕지덕지한 거친 손을 쓰다듬어 주시더니 옷이 너덜너덜한 어깨에 손을 얹고 기도를 했습니다.

목사님이 한참 동안 기도를 하고 나자 할아버지는 꿇었던 다리를 펴고 편히 앉으며 목사님께 인사를 했습니다.

"목사님, 감사합니다. 저같이 추한 사람을 마다하지

아니하시고 이런 손도 만져 주시고 기도를 간곡히 하시어서 저는 이제 한 껍질 벗겨지고 있습니다."

그러면서 할아버지가 손등을 문질렀습니다. 그러자 두툴두툴한 껍질 허물이 벗겨졌습니다. 이어서 얼굴도 한쪽을 잡아 당겨 벗겼습니다. 지저분하고 긴 머리도 뚝 떨어져 나가고 수염도 떨어져 나갔습니다.

목사님도 다빈이도 놀라 뒤로 물러앉자 할아버지가 말했습니다.

"놀라지 마십시오."

그러면서 너덜너덜한 옷을 벗어 한쪽으로 밀어놓으며 말했습니다.

부자가 된 푼순이

"목사님, 이만하면 흉한 껍질은 벗었지요?"

목사님은 어이가 없어서 말을 못했습니다. 할아버지가 다빈이를 바라보며 말했습니다.

"너는 바로 내가 찾는 천사다. 예쁘기도 하지."

할아버지는 목사님께 눈길을 돌렸습니다.

"전에 내가 전화를 한 적이 있습니다. 제 목소리가 기억나시나요?"

"기억이 나지는 않습니다만……."

"그럼 내가 한 말은 기억하시지요?"

"무슨 말씀인지요?"

"이 마을에서 가장 착한 사람을 찾아서 내 재산의 반을 주겠다고 한 말……."

"아! 생각납니다. 그 어른이?"

"그렇습니다. 내가 그 사람입니다."

목사님은 할아버지가 무슨 말을 할까만 기다렸습니

다.

“목사님, 나같이 추한 늙은이를 더럽다 아니하시고 만지고 위하여 기도를 해주셨으니 존경스럽습니다.”

“아닙니다. 당연한 일을 했을 뿐입니다.”

“요새 사람들, 속사람은 못 보고 겉사람만 보는 것이 큰 병폐입니다. 목회자들도 화려하고 거룩한 곳,

부유층만 찾는 것도 문제입니다. 빛과 소금이 무엇을 하라는 것인지 알면서도 말만 앞세우지 않습니까."

"부끄럽습니다."

"목사님은 부끄러워할 것 없어요. 내 추한 몸뚱이를 벗겨 주시지 않았습니까? 나는 이 꼴로 다니면서 사

람을 찾고 있었습니다. 오늘 비로소 저 아기 천사와 하나님의 참 종을 만났으니 기쁘기 한이 없습니다."

밖에서 엿듣고 있던 엄마는 안에서 하는 소리에 놀라 얼굴이 빨개졌습니다. 당장 들어가 할아버지 앞에 사과를 하고 싶었지만 그럴 용기가 나지 않았습니다.

할아버지의 목소리는 힘 있고 맑았습니다.

"내가 이제 찾는 사람을 만났으니 다 말하겠습니다. 얼마 전에 내가 비서를 시켜 이 마을에서 땅을 팔겠다고 하면 다 사라고 했습니다. 따져 보니 동네의 절반을 사들이게 되었습니다."

"놀랍습니다, 어른님."

"이 작은 천사 이름은 어떻게 부르지?"

다빈이가 대답했습니다.

"푼순이 다빈이입니다."

"푼순이?"

"사람들이 놀릴 때 쓰는 말이어요."

"음, 똑순이보다는 푼순이가 더 좋구나. 넌 이제 내가 약속한 대로 내가 사들일 땅의 주인이 될 것이다."

목사님이 놀라서 물었습니다.

"무슨 말씀이신지요?"

"왜 놀라시오. 내 재산을 다 이 아이한테 주어도 아깝지 않아요. 다빈이가 바로 천사요. 천사에게는 재산을 물려주어도 아까울 것이 없지요. 천사 곁에 목사님이 계시니 그 관리는 목사님이 하시도록 하겠습니다."

엄마는 놀랍고 감격스러워 눈물을 흘리면서 가슴을 쳤습니다.

"내가 푼순이지, 내가 푼순이야."

어린이는 모두 새싹 같고 막 피어난 꽃과 같다

그런 어린이가

가장 예쁠 때는

호기심으로 눈을 반짝일 때이다.

새까만 촌뜨기

못생긴 사촌오빠

"엄마, 재는 누구야?"

"시골서 온 네 사촌오빠다."

"난 싫어, 저렇게 못생긴 애가 내 오빠라고?"

"왜 못생겼니? 시골 살아서 햇볕에 얼굴이 타서 그렇지, 생기기는 잘생긴 얼굴이다."

"그래도 싫어."

학교에서 돌아온 세린이는 낯선 아이가 눈에 띄자 엄마한테 투정부리듯 말하고 자기 방으로 쏙 들어가 버렸습니다.

모처럼 서울 구경을 온 경태는 어항 속에서 헤엄치며 노는 금붕어들이 예뻐서 그것들을 보느라고 세린이가 하는 말을 듣지 못했습니다.

작은엄마가 경태를 불렀습니다.

"경태야, 이리 와 봐."

작은엄마는 경태를 데리고 비어 있는 방으로 갔습니다.

"서울 있는 동안은 이 방에서 지내라. 알았지?"

"야, 작은엄마."

"넌 그림을 잘 그린다면서?"

"별로유."

"작은아버지가 너 주라고 그림물감하고 크레파스를

사다 주셨다. 여기 종이가 있으니 얼마든지 그림 그리고 재미있게 지내라."

"야."

서울 작은아버지 댁에 온 경태는 어항 속에서 예쁜 눈을 깜박거리며 동동 떠다니는 금붕어와 놀기를 좋아했습니다.

그렇게 혼자 놀다가 지루하면 문 밖으로 나가서 동네 골목을 둘러보며 구경을 했습니다.

서울에 온 지 일주일이 되었는데도 사촌 여동생 세린이하고는 말 한마디 못해 보았습니다. 그 애는 학교에서 돌아오면 곧장 학원으로 가고 저녁에나 돌아왔습니다. 그리고 돌아오면 제 방으로 들어가서 나오지 않고 식사 때도 경태가 보기 싫다고 저 혼자 아침을 먹고 학교로 달아났습니다.

그러면서 쫑알거렸습니다.

"창피해. 저런 애가 오빠라고? 돼지처럼 새까만 얼굴에 웃는 것도 촌스러워. 촌뜨기가 그렇지 뭐. 난 오빠라고 부를 수 없어. 나이도 나하고 비슷하고 학년도 같은데 그게 무슨 오빠야."

눈꽃보다 예쁜 여동생

경태는 세린이를 딱 한 번 제대로 보았습니다. 그리고 며칠이 지나도 가까이서 볼 수가 없었습니다.

'저 애가 내 여동생이라고? 참 예쁘다. 아주 예쁜 얼굴이야. 내가 그리고 싶은 모델이야.'

이런 생각을 하면서도 쌀쌀맞게 구는 애를 가까이 볼 수가 없었습니다. 그러나 한번 본 얼굴을 생각하며 화판에다 세린이 얼굴을 그렸습니다.

하루는 작은엄마가 방을 치우다가 그 그림을 보았습니다.

"경태야, 이 그림 누구냐?"

"세린이가 예뻐서 그려 보았어유."

"참 잘 그렸다. 이거 세린이 보여줄까?"

"싫어유, 챙피해유."

"알았다. 언젠가는 보여주게 되겠지."

그리고 며칠이 지났습니다. 서울은 방학도 없는지

세린이는 날마다 학교와 학원을 돌아다니다가 저녁 늦게 돌아옵니다. 학교에서 돌아와 방으로 들어간 지 한 시간쯤 되었을 때 세린이가 자지러질 듯 소리쳤습니다.

"엄마야!"

비명을 듣고 세린이의 방으로 들어간 작은엄마도 놀랐습니다.

"이걸 어쩌니?"

"몰라, 몰라, 난 망했어."

학교에서 숙제로 내준 그림을 그리다가 실수로 빨간 물감을 떨어뜨린 바람에 그림을 망가뜨리고 만 것입니다.

"엄마, 어떡해? 학교에서 내 준 이 종이에다 그림을 그려오라고 했는데 어떡해!"

"다른 종이에다 그리면 되지 않니?"

"안 돼. 이 종이에다 그려오라고 했어. 여기 봐, 우리 학교 마크가 뒤에 그려 있지 않아? 난 몰라."

세린이는 발을 동동 굴렀습니다.

"알았다. 내가 가지고 나가서 연구해 볼 테니 넌 잠이나 자거라."

세린이는 짜증을 냈습니다.

"지금 잠이 와?"

"그럼 네가 해결하든지."

"못해, 못해!"

엄마는 그림 종이를 들고 나왔습니다. 뒤에서 세린이가 물었습니다.

"엄마가 해결할 수 있어?"

"알았어, 내가 해볼게."

망가진 그림

작은엄마는 그 종이를 들고 경태가 머무는 방으로 갔습니다. 그리고 물감이 떨어져서 망가진 그림을 펴 놓고 물었습니다.

"저 애가 그림물감을 잘못 떨어뜨려서 숙제를 못하게 생겼다. 이 그림을 어떻게 하면 살릴 수 있겠니?"

경태가 그림을 들여다보다가 말했습니다.

"알았어유, 작은엄마. 제가 더 좋은 그림으로 만들어 놓을게유."

"그렇게 할 수 있겠니?"

"저한테 맡기고 가서 주무셔유."

"알았다. 너만 믿고 난 간다."

그림을 잘 그리는 경태는 잘못 떨어뜨린 물감 방울을 이용하여 아름다운 꽃과 벌과 나비가 날아다니는 그림으로 그렸습니다.

다음 날 아침 작은엄마가 일찍이 경태가 있는 방문

을 열어 보고 깜짝 놀라서 물었습니다.

"어머! 이게 어찌 된 거냐? 경태야, 이 그림이 그거냐?"

"야."

"정말 네가 그린 거야?"

"야."

"어쩜 이렇게 아름다운 그림이 되었어? 신기하고 놀

랍다."

"작은엄마, 빨리 가지고 가세유. 동생이 눈치 채지 못하게 하세유."

"고맙다."

작은엄마가 세린이 방으로 갔습니다.

"세린이 아직도 자냐?"

"응, 엄마."

"그래도 잠이 오냐?"

"뭐 말이야?"

"넌 그림 걱정도 안 돼?"

그제야 세린이는 정신이 번쩍 들었습니다.

"그림? 엄마! 어떻게 했어? 응?"

세린이는 발딱 일어나 물었습니다.

"너도 참 한심하구나. 엄마가 어떻게 해결을 해? 못 했어."

"그럼 그렇지. 나도 못하는 걸 엄마가 어떻게 해? 오늘 선생님한테 꾸중 듣고 벌서게 생겼어. 어떡해?"

"나도 모르겠다. 여기 책상에 그림 종이 놓고 간다."

엄마는 시치미를 뚝 떼고 밖으로 나왔습니다. 세린

이는 책상 위에 놓인 그림을 보고 놀라 소리쳤습니다.

"엄마아! 엄마, 따봉!"

그리고 엄마한테 달려가 아양을 떨었습니다.

"엄마가 이렇게 그렸다고? 이건 선생님보다 더 잘 그린 그림이야. 야아호! 야호!"

촌뜨기 새까만 촌놈

그날 학교에 갔다가 돌아오자마자 세린이는 엄마한테 애교를 떨었습니다.

"엄마, 고마워 엄마. 우리 엄마 최고!"

"그렇게 좋으냐?"

"우리 반에서 내 그림이 가장 잘 되었다고 칭찬받고……."

"네가 어린애 짓 하는 거 처음 보겠다. 날마다 찬바람만 쌩쌩 일으키던 애가, 그렇게 좋을까."

"정말 엄마가 그린 거야?"

"그건 묻지 마."

"우리 엄마도 숨겨둔 솜씨가 있었네? 호호호."

"넌 나를 무시하고 살았잖아?"

"아니야, 우리 엄마가 최고야."

그리고 또 며칠이 지났습니다. 학교에서 미술선생님이 내일까지 각자 자화상을 그려오라고 했습니다.

세린이는 자화상을 그릴 자신이 없었습니다. 그래서 엄마한테 매달렸습니다.

"엄마, 피카소 엄마. 나 또 큰일 났어."

"뭔데?"

"선생님이 각자 자기 얼굴의 특성을 살려서 자화상을 그려 오래. 내가 나를 어떻게 그려? 엄마가 나를

잘 알잖아. 나 좀 그려주라, 응?"

"그걸 내가 어떻게 그리니?"

"엄마 실력 내가 인정해 주잖아?"

"알았다. 생각해 보고."

"정말이지?"

"네가 내 말을 들어주면."

"뭔데? 뭐든지 말해! 다 들어줄게."

"너 시골서 온 오빠한테 인사를 한 번도 제대로 하지 않았지?"

"그건 왜? 그 촌뜨기 말은 왜 여기서 하는 거야?"

"사촌간인데 너 오빠한테 너무 하지 않았니?"

"오빠는 무슨 오빠. 촌뜨기 새까만 촌놈."

"네가 그렇게 말한다면 나도 네 숙제 못해 준다. 오빠한테 오빠라고 부르라는데 그것도 못하는 너를 어떻게 도와주니?"

"차라리 돼지 보고 오빠라고 하라면 하지만 촌뜨기한테는 싫어."

"그럼 자화상인지 뭔지 나도 모르겠다."

세린이는 마지못해 항복했습니다.

"그럼 딱 한 번만 오빠라고……."

"좋아, 그럼 그 애 오라고 할게."

작은엄마가 경태야 하고 부르자 경태가 두 사람 앞에 금방 나타났습니다. 세린이는 경태를 힐끗 보면서 딱 한마디 던졌습니다.

"오빠!"

그리고 엄마한테 말했습니다.

"나 약속 지켰어."

경태가 놀란 눈으로 세린이를 바라보았습니다.

깔깔맞은 여동생

세린이가 홱 돌아서며 쏘아붙였습니다.

"뭘 그렇게 봐? 촌촌 촌."

그렇게 말하며 제 방으로 들어가 문을 쾅 닫았습니다. 작은엄마가 한마디 했습니다.

"저 성깔머리 좀 봐. 누구를 닮아서 저런지. 쯧쯧!"

작은엄마는 경태 방으로 갔습니다. 그리고 물었습니다.

"얼마 전에 네가 동생 그림 그려놓은 것 있지?"

"야."

"그거 나 주면 안 되겠니?"

"챙피해서."

"창피하긴, 그 그림 나 다오."

"꼭 갖고 싶으시다면 드릴게유."

"필요해."

경태가 내민 그림을 받아든 작은엄마는 기뻐하며 안

방으로 갔습니다. 그리고 다음 날 아침 세린이한테 말했습니다.

"세린아, 네 자화상 그린 거 여기 있다. 볼래?"

"정말?"

"정말이지, 엄마가 언제 거짓말하는 거 보았니?"

세린이는 자기 얼굴 그림을 보고 놀라서 눈을 동그랗게 떴습니다.

"엄마! 이거 엄마가 그린 거야?"

"묻지 마."

"우리 엄마 최고! 최고!"

그날 세린이는 학교에서 최고의 칭찬을 엄청 받았습

니다.

다음 날 미술 선생님은 이상한 숙제를 또 냈습니다.

자화상을 그려 보았으니 이제는 자기와 친한 옆 사람 얼굴을 그려 보라는 것이었습니다. 학교에서 돌아온 세린이 또 엄마한테 매달렸습니다.

"엄마, 선생님이 내 친구 얼굴을 그려오라고 하는데 어떡하지?"

"네 친구가 누군데?"

"이영주."

"내가 그 애를 어떻게 그리니? 보지도 못했는데."

"우리 집으로 놀러 오라고 할게. 엄마가 보았다가 그려 줘."

"알았다. 데려와 봐."

"엄마, 고마워. 그럼 지금 오라고 할게."

따듯한 얼굴

세린이는 핸드폰으로 영주를 불렀습니다. 아무 영문도 모르는 영주가 금방 달려왔습니다. 세린이는 엄마한테 영주를 소개했습니다.

"영주야! 우리 엄마야, 인사드려."

"안녕하세요?"

영주가 인사를 하는 동안 엄마는 경태가 있는 방을 향해 소리쳐 불렀습니다.

"엄경태! 나와 봐라."

세린이가 못마땅한 듯 토라진 얼굴로 막았습니다.

"엄마, 촌촌은 왜 불러?"

"이렇게 예쁜 네 친구가 왔는데 소개해야지."

"싫어, 부르지 마. 창피해."

영주가 끼어들었습니다.

"무엇이 창피하니?"

"아무것도 아니야. 엄마는 괜히 촌촌을 불러."

하지만 엄마는 더 큰 소리로 경태를 불렀습니다.

"엄경태! 빨리 나와 봐."

경태가 문을 열고 나왔습니다.

"무슨 일이 있으세유?"

경태가 나오자 세린이는 얼굴을 돌리고 골이 난 눈빛으로 엄마를 흘겨보았습니다. 그렇지만 엄마는 아무렇지도 않다는 얼굴로 말했습니다.

"경태야, 세린이하고 가장 친한 친구가 왔단다. 와서 서로 인사도 하고 이야기도 나누어 보거라."

경태가 영주한테 눈길을 돌리며 인사했습니다.

"난 엄경태라고 해. 세린이 오빠야."

영주도 눈을 반짝거리며 인사를 받았습니다.

"난 이영주, 세린이하고 우리 반에서 가장 친한 짝꿍. 우리 잘 사귀어 보자."

세린이는 눈을 흘기며 영주에게 말했습니다.

"넌 무슨 소리를 그렇게 하니? 사귀기는 뭘 사귄다는 거야?"

영주가 웃으며 밝고 발랄하게 대꾸했습니다.

"너의 오빠 엄경태 첫 인상이 짱이다 짱!"

"뭐야? 나를 놀려?"

"아니야, 엄경태는 진짜 킹카야."

"더 놀리면 너하고 안 놀아. 시골서 온 촌촌!"

영주가 친절한 눈빛으로 경태를 향해 말했습니다.

"시골서 온 오빠라고?"

"응."

"공부도 잘하겠네?"

"중간 정도. 세린이 친구라 그런지 너도 예쁘다."

이렇게 인사말을 하는 동안 세린이는 짜증난 얼굴로 엄마한테 말했습니다.

"엄마, 이제 영주 보셨으니 가세요. 둘 다."

오빠라고 부르기 싫은 세린이는 발딱 일어나 영주만 데리고 자기 방으로 갔습니다.

그 사이에 영주 엄마는 경태 방으로 갔습니다.

"세린이 친구 잘 보았지?"

"야."

"세린이보다 더 예쁘지?"

"예쁘기는 세린이가 더 예쁘지유. 그런데 영주는 따듯한 얼굴이었어유."

"잘 보았다. 그 아이 얼굴을 한번 그려 볼래?"

"그래도 될까유?"

"네가 본 느낌대로 따듯한 얼굴을 그려 봐."

"야."

엄마는 거짓말쟁이

그날 저녁입니다.

세린이는 주방에서 물을 마시고 경태가 있는 방을 지나다가 안에서 엄마 목소리가 나는 것을 들었습니다.

'이상하다? 엄마가 왜 촌방에 있는 거야?'

문 앞에서 귀를 기울이고 무슨 이야기를 하는지 들어보았습니다. 엄마 목소리입니다.

"넌 누구를 닮아서 그림을 그렇게 잘 그리니?"

"엄마를 닮았다고 들었어유."

"엄마가 얼굴도 예쁘시고 그림 재주도 있으시구나. 넌 한번 본 사람을 어떻게 그렇게 잘 그리니? 아주 신기하구나."

"아무것도 아니어유."

"아니야, 아주 대단한 솜씨야."

세린이 문틈으로 방안을 들여다보았습니다. 놀랍게

도 경태가 화판에다 낙서를 하듯 줄을 이리저리 긋고 있는데 영주 얼굴이 엷은 웃음을 띠고 나타났습니다.

'어머! 저 촌촌이……? 그럼 내 자화상도 저 촌촌이 그렸단 말이야?'

세린이는 고개를 저었습니다.

'아니야, 아닐 거야. 내 자화상은 엄마가 그렸을 거야.'

이때 엄마 목소리가 들려왔습니다.

"넌 그림의 천재다. 세린이 물감을 엎질러 버린 그림을 더 좋은 그림으로 그려놓는 것을 보고 난 놀랐다."

이 말에 엄마보다 세린이가 더 놀랐습니다.

'뭐라고? 그 그림도 저 촌촌이 그렸다고? 아아, 난 몰라.'

엄마 목소리가 또 들렸습니다.

"영주라는 아이가 바로 우리를 바라보고 웃는 것만 같다. 어쩌면 이렇게 잘 그렸니."

"아무것도 아니지유."

"다 그렸으니 자거라. 내일 세린이한테는 내가 그렸다고 할 테니 넌 입 꼭 다물고 있어. 알았지?"

"야."

엄마가 그림을 가지고 자리에서 일어섰습니다. 세린이는 참새걸음으로 날래게 제 방으로 달아났습니다.

다음 날 아침입니다. 엄마가 물었습니다.

"세린아, 학교 가야지?"

"알아."

"여기 숙제 준비했다."

"숙제가 뭔데?"

"네 친구 영주 얼굴."

"아참, 그랬지."

"그림 볼래?"

세린이가 태연하게 물었습니다.

"엄마가 그렸어?"

"그럼, 내가 약속했잖니."

"거기 두고 가야."

엄마가 거짓말하는 얼굴을 보기가 낯 뜨거워서 이렇게 대답했습니다.

'엄마는 거짓말쟁이……'

누가 그렸든 숙제는 해 가야 합니다. 세린이는 영주의 그림을 들고 학교로 갔습니다.

서울 아가씨가 반한 촌뜨기

두말 할 것 없이 세린이가 내놓은 영주 그림이 선생님을 놀라게 하고 반 아이들을 뒤집어 놓았습니다.

선생님이 영주 얼굴 그림을 높이 들어 보이며 말했습니다.

"엄세린이 그린 그림이다. 이 그림 주인공이 누구냐?"

아이들이 한 목소리로 대답했습니다.

"이영주요, 이영주. 이영주!"

선생님은 더 큰 소리로 구호를 외치듯 말했습니다.

"우리 시대를 빛낼 탁월한 화가 그 이름 엄세린, 엄세린!"

부러워하는 아이들의 눈길이 모두 세린이에게로 쏠렸습니다. 세린이는 얼굴이 빨개졌습니다. 그리고 속으로 말했습니다.

'난 몰라, 엄마 때문이야, 거짓말쟁이 엄마.'

쉬는 시간에 이영주가 팔짝팔짝 뛰어와 웃으며 말했습니다.

"세린아 고맙다. 그림이 실물보다 더 예뻐. 우리 집 가보감이야."

이때 갑자기 경태가 하던 말이 생각났습니다.

"아무것도 아니지유."

세린이는 경태가 엄마한테 하던 소리를 흉내 내어

보다가 웃음이 터졌습니다.

"호호호호, 하하하."

영주는 알지도 못하면서 덩달아 웃어 주었습니다.

"헤헤헤……."

"넌 왜 웃니?"

"네가 웃으니까, 호호호."

"바보같이……"

"너희 집에 킹카 아직도 있니?"

"킹카?"

"응, 그 킹카, 햇빛에 그을린 얼굴이 멋지잖아. 웃을 때도 입이 멋있고."

"언제 그런 것도 보았니?"

"네 오빠라면서? 나 소개해 주라."

"정말 맘에 들어서 하는 소리야? 놀리지 마."

"진짜야, 그 오빠 서울에서 살았더라면 애들이 모두 뿅 갔을걸? 얼굴이 타서 그렇지 입과 콧날이 얼마나 멋지고 예쁘냐? 세계적으로 유명한 화가 있지? 누구더라 그 화가가……."

영주가 하는 소리를 듣고 생각해 보니 그 촌뜨기의 얼굴이 괜찮은 것 같았습니다.

그렇지 않아도 어제 그림 그리는 솜씨를 보고 마음이 야릇했는데 다른 아이가 멋지다고 하니까 정말 멋져 보였습니다.

세린이는 사람 평가는 눈으로 하면 안 되고 가슴으로 해야 한다는 것을 깨달았습니다.

금붕어의 사랑

500원짜리 아기 거북이

"나는 한 살짜리 거북입니다. 오백 원에 판다는 글씨를 종이에 써 붙이고 손님을 기다리는 아주머니가 제 주인입니다.

한 아저씨가 다가와 물었습니다.

"이거 오백 원이 맞습니까?"

"네, 마지막 남은 거라 싸게 팔려고요."

"새끼 거북이가 아주 귀엽게 생겼는걸."

아저씨는 새끼 거북이라고 하며 앙증맞고 예쁘고 귀엽다면서 나를 사서 비닐봉지에 담아 차에 태워 가지고 집으로 왔습니다.

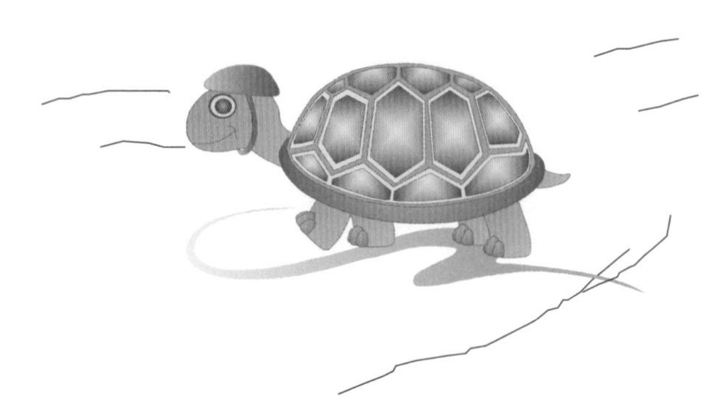

집 안에는 커다란 어항이 있고 그 안에는 아름다운 꼬리를 살래살래 젓는 금붕어 한 마리가 밖을 내다보고 있었습니다.

아저씨가 나를 작은 그릇에 쏟아 놓으면서 말했습니다.

"여보, 이리 와 봐요. 복거북이 사왔어요."

아주머니가 다가오며 말했습니다.

"그런 것들은 왜 자꾸 사들여요."

아주머니는 반가워하지 않고 귀찮다는 듯이 말했습니다.

"내가 이런 녀석들을 얼마나 좋아하고 사랑하는데 무슨 말을 그렇게 해요? 자꾸 사들이다니?"

"그건 사랑도 아니고 좋아하는 것도 아니에요."

"사랑하지도 않고 좋아하지도 않는데 비싼 돈 주고 사왔겠소?"

"사랑한다고 사들이면 뭘 해요?"

"뭘 하다니?"

"며칠이나 갈까. 당신이 금붕어를 사다가 죽인 게 몇 마리나 되는지 알아요?"

"허허, 이 사람, 거북이가 듣겠소."

"거북이가 듣고 밤에 달아나기나 했으면 좋겠어요."

나는 다 듣고 있는데 아저씨와 아주머니는 내가 못 알아듣는 줄 알고 이렇게 말을 주고받았습니다.

아저씨는 나를 커다란 어항 속에다 넣으면서 말했습니다.

"거북아, 여기 금붕어가 있다.

싸우지 말고 잘 지내라."

겁쟁이 금붕어

나는 어항 속으로 들어가 물이 뽀글뽀글 솟는 작은 바위 위에 잠시 엎드렸습니다.

겁쟁이 금붕어가 멀리 구석으로 달아나서 나를 겁먹은 눈으로 바라보았습니다. 나는 엉금엉금 기어서 금붕어 곁으로 다가갔습니다.

금붕어는 빠르게 반대쪽 구석으로 달아나 겁먹은 눈으로 나를 노려보았습니다.

주인아저씨는 재미있다는 듯 우리를 바라보다가 방으로 들어가셨습니다.

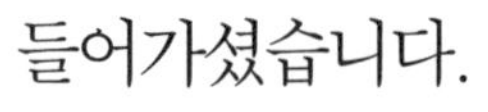

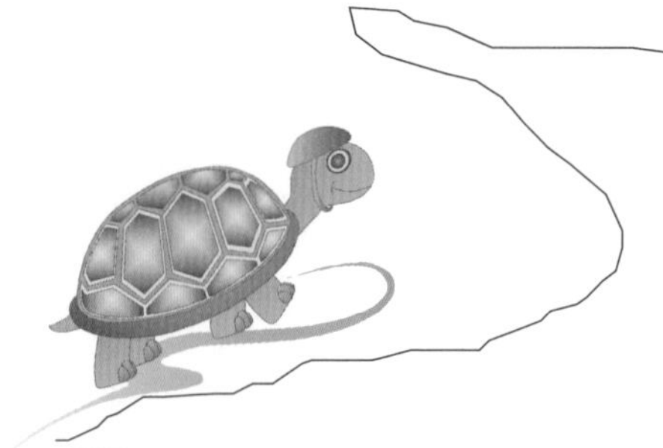

금붕어는 볼수록 아주 예뻤습니다. 나는 또 엉금엉금 기어 그 곁으로 갔습니다. 금붕어가 눈을 흘기며 소리쳤습니다.

"가까이 오지 마, 얘! 무서워."

거북이가 말했습니다.

"난 무서운 거북이가 아니야."

"싫어, 징글맞고 싫어."

"난 네가 예쁜데……."

"난 싫어. 저리 가."

금붕어는 빛깔도 예쁘지만 까맣고 동그란 눈이 더 예뻤습니다. 나는 또 그쪽으로 다가갔습니다.

금붕어는 더 큰 소리로 말했습니다.

"싫다는데 왜 자꾸 다가오는 거야?"

"무서워하지 마. 난 아직 아기 거북이야. 금붕어야, 넌 몇 살이니?"

"별꼴이야, 네가 내 나이를 왜 묻니?"

"난 한 살이야. 오늘 엄마하고 헤어졌어."

"……."

금붕어는 갑자기 변하여 내가 불쌍한 듯 눈물이 글썽한 채 바라보았습니다.

엄마 없는 아기 거북이

"난 세상에 나와서 겨우 하루를 살았는데 엄마를 누가 데려가 버렸어."

금붕어는 피하지 않고 나를 들여다보다가 아주 작고 예쁜 소리로 물었습니다.

"그 말이 정말이니?"

나는 작은 소리로 같은 말을 했습니다.

"난 세상에 나와서 겨우 하루를 살았는데 엄마를 누가 데려가 버렸어."

금붕어는 가까이 다가와 나를 들여다보다가 아주 작고 예쁜 소리로 물었습니다.

"엄마가 보고 싶지? 불쌍해라. 세상에서 가장 슬픈 건 엄마를 잃는 거야."

금붕어는 부드럽고 예쁜 지느러미로 나를 쓰다듬어 주었습니다. 그리고 동그란 눈을 내 눈에 맞추었습니다.

"거북아, 내가 몇 살이냐고 물었지? 나는 다섯 살이야. 너보다 네 살이 위니까 내가 누나다."

거북이는 금붕어를 빤히 바라보며 물었습니다.

"그럼, 내가 누나라고 불러도 괜찮아?"

"그럼! 좋지."

"누나!"

"응, 거북아. 엄마 생각은 하지 말자. 나도 엄마를 잃고 동생과 함께 이 어항에 잡혀 왔는데 내 동생은 바로 죽고 나만 남았어."

금붕어는 동생을 생각하며 눈물을 흘렸습니다.

"누나, 울지 마."

"알았어. 안 울게. 사람들은 우리들을 사랑한다고 하면서 우리들이 무엇을 바라는지는 알려고 하지 않아. 그냥 자기들 좋은 대로만 해."

"누나, 고마워."

금붕어와 거북이는 물속을 마음껏 한 바퀴 돌았습니다. 주인아저씨는 먹이를 가져다 던져주고 들여다보며 중얼거렸습니다.

사람들은 마음대로야

"귀여운 녀석들 금방 친해져서 잘도 노는구나. 내가 출장에서 돌아올 때까지 싸우지 말고 잘 지내거라."

주인아저씨는 전보다 많은 먹이를 던져주고 출장을 떠났습니다. 아저씨는 날마다 한 번씩 먹이를 주고 들여다보시지만 주인아주머니는 한 번도 들여다보지 않았습니다.

한낮이었습니다. 환한 햇빛이 창문 가득 흘러드는 것을 보며 금붕어가 말했습니다.

"거북아, 저쪽에 있는 게 뭔지 알겠니?"

"나는 세상에 나온 지 얼마 안 되어 아는 것이 없어, 누나."

금붕어가 창가에 옹기종기 놓여 있는 화분의 꽃들을 가리켰습니다.

"저건 거실에 만들어 놓은 꽃밭이야."

거북이는 고개를 빼고 말했습니다.

"참 예쁘다."

"사람들은 꽃을 사랑한다고 하면서 화분에 꽃나무를 심어 놓고 좋아하지만 꽃들은 사람들의 놀잇감이 되고 마는 거야."

"그렇지만 추운 겨울에 밖에서 떠는 것보다 얼마나 좋겠어?"

"모든 식물들은 겨울에 밖에서 겨울잠을 자야 건강하단다. 그런데 사람들은 잠을 깨워놓고 아무 때나 꽃을 피우게 한단 말이야."

"겨울에 꽃이 피면 좋지 않아?"

"꽃한테는 나비가 있어야 해. 그런데 사람들은 꽃은 피워놓고 나비를 주지 못하거든. 그건 사람이 할 짓이 아니야."

거북이가 한쪽 벽에 매달린 새장을 가리키며 말했습니다.

"누나, 새들은 행복하겠어."

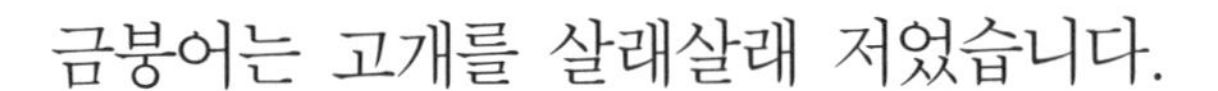

금붕어는 고개를 살래살래 저었습니다.

"저 새들은 우리처럼 엄마를 잃고 혼자 남았단다. 저 소리는 넓은 하늘을 달라고 외치는 거야."

거북이가 말했습니다.

"사람들은 물과 들과 하늘의 새들을 자기 집에다 가두고 사랑한다면서 좋아하는 거 아닌가?"

출장 간 아저씨

"그렇지. 사람들은……."

주인아저씨가 출장에서 돌아오시지 않은 지가 일주일이 넘었습니다.

그래도 주인아주머니는 어항을 한 번도 들여다보지 않았습니다. 그뿐이 아닙니다. 주인아저씨가 매일 물을 주던 화분에도 물을 주지 않아서 꽃들이 시들기 시작했습니다.

거북이는 배가 몹시 고팠습니다.

여기저기 찾아보았지만 먹을 것이라곤 아무것도 없었습니다.

물에 떠다니는 것은 무엇이든지 다 먹었습니다.

금붕어도 배가 고파 힘을 잃고 한쪽 구석에서 숨만 할딱거렸습니다.

거북이가 다가가 물었습니다.

"누나, 어디 먹을 거 없을까?"

금붕어는 예쁜 눈을 깜박거리며 고개를 저었습니다.

"주인아저씨가 오시지 않으면……."

"아! 배고프다."

금붕어가 다정히 말했습니다.

"주인아저씨가 오실 때까지 참아."

"난 배가 고파 죽을 것만 같아, 누나도 배고프지?"

"……."

"누나도 배고프지?"

금붕어는 실낱같은 소리로 말했습니다.

"말하지 마. 배고플 때는 말도 하지 말고 가만히 있어야 해."

"……."

"주인아저씨가 곧 오실까?"

"……."

"누나 가만히 있으면 배가 더 고파지고 무서워져."

거북이는 다리에 힘을 주어 작은 바위에 올라가 주인아저씨를 기다렸습니다. 그러나 주인아저씨는 열흘이 넘어도 오시지 않았습니다.

"누나, 배고파 죽겠어. 뭐, 아무 거나 먹을 거 없을까?"

금붕어는 힘이 다 빠진 몸짓으로 거북이가 있는 바위 곁으로 다가왔습니다.

배고픈 거북이

"거북아, 그렇게 못 참겠니?"

"이제 죽을 것만 같아."

금붕어는 지느러미를 거북이 앞에 하늘하늘 늘어뜨리며 말했습니다.

"그렇게 못 참겠으면 내 지느러미 끝을 조금만 따먹어."

"누나, 안 아플까?"

"아프지는 않아. 전에도 다른 고기한테 물려 보았어."

"그렇지만 어떻게 누나를 물어뜯어."

"배고파 괴로운 것보다 나을 거야. 긴 끝을 조금만 물어뜯어."

"누나, 미안해."

"너라도 힘을 내야지."

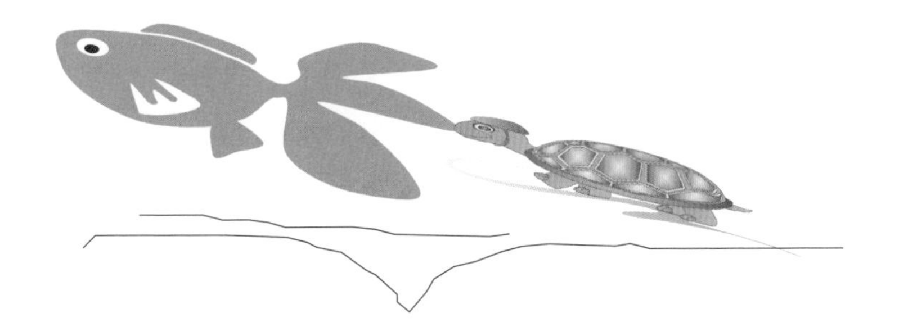

거북이는 목을 쑥 빼고 금붕어의 기다란 지느러미 끝을 살짝 물어뜯었습니다.

"누나, 많이 아프지?"

"괜찮아, 이제는 배 안 고프지?"

"고마워, 누나. 이제 힘이 나."

금붕어는 다시 힘을 주어 저쪽을 향해 헤엄을 치려고 지느러미를 저었습니다. 그런데 이게 어찌 된 일입니까? 몸의 중심이 잡히지 않고 흔들렸습니다. 그리고 가고 싶은 방향으로 갈 수가 없었습니다. 금붕어는 힘껏 지느러미를 저으며 중얼거렸습니다.

"왜 이럴까?"

거북이가 걱정스럽게 말했습니다.

"누나, 조심해."

"알았어."

금붕어는 힘없이 대답을 하고 물 바닥으로 내려앉았습니다. 거북이가 다가가 지느러미를 밀어 올리며 말했습니다.

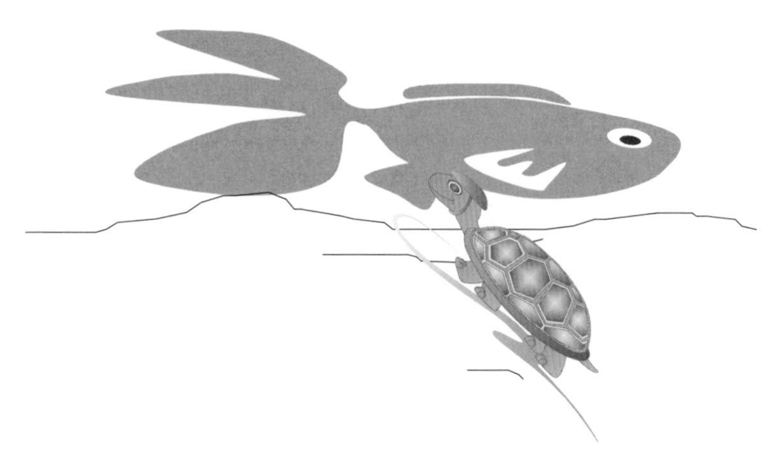

"누나, 힘내."

"알았어."

금붕어는 대답을 하면서도 더 힘을 잃고 옆으로 누웠습니다. 거북이가 금붕어의 등을 밀어 올리며 말했습니다.

"누나, 힘 좀 써 봐."

금붕어는 더 힘을 잃었습니다.

"……."

금붕어의 사랑

"누나, 누나!"

거북이가 불러도 힘을 잃은 금붕어는 눈을 스르르 감은 채 배를 뒤집고 벌렁 누워 물 위로 떠올랐습니다.

그리고 숨이 끊어지는 소리로 말했습니다.

"이제 나는……. 내가 죽으면 네가 나를 뜯어 먹……. 그리고 넌 죽지 마. 주인아저씨가 올 때까……."

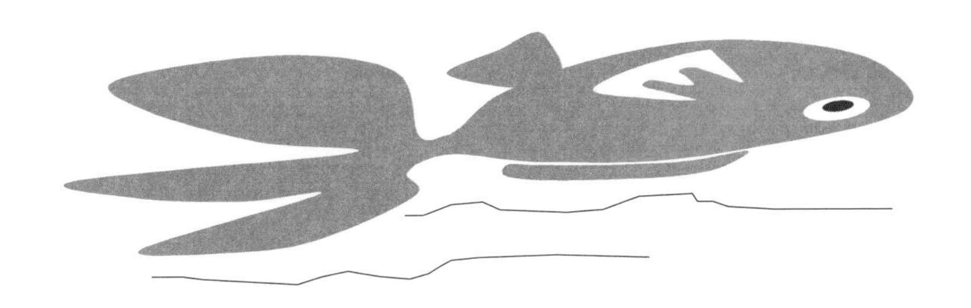

금붕어는 물에 배를 내민 채 둥둥 떴습니다.

거북이는 하루 종일 펑펑 울었습니다. 주인아저씨는

오지 않고 배는 또 고파왔습니다. 거북이는 물 위에 뜬 금붕어를 바라보았습니다. 동그랗고 예쁜 눈을 감은 채 꼼짝도 안 했습니다.

거북이는 헤엄을 쳐 다가가 금붕어 지느러미 끝을 한 입 물어뜯었습니다.

금붕어는 거북이가 물어뜯자 바닥으로 내려앉았습니다.

빨갛고 아름답던 지느러미와 머리와 배가 풀어지기 시작했습니다.

"누나 미안해, 누나."

거북이는 배가 고플 때마다 금붕어를 뜯어 먹으며 울었습니다.

"누나 사랑해, 누나……."

날마다 사랑의 눈으로 바라보던 예쁜 금붕어, 친절하고 순한 금붕어는 죽어서 거북이 밥이 되어 주었습니다.

"누나. 누나 미안해, 미안해. 난 배가 너무 고파서……."

거북이는 금붕어를 뜯어먹으면서 울었습니다.

며칠이 지나자 금붕어에 붙어 있던 살과 지느러미는

모두 거북이 뱃속으로 들어가고 남은 건 앙상한 뼈와 머리에 달린 눈뿐이었습니다.

거북이는 배가 고파도 금붕어의 예쁜 눈은 다치지 않았습니다. 그 예쁜 눈에는 아직도 사랑이 들어 있기 때문이었습니다.

한 달이 지나고 주인아저씨가 돌아왔을 때 어항에는 금붕어의 앙상한 뼈와 비틀거리는 거북이만 남아 있었습니다.

호랑이를 살려준 토끼

위기에 몰린 토끼

예쁜 토끼 한 마리가 곰과 늑대에 쫓겨 호랑이 앞으로 달려오며 소리쳤습니다.

"아저씨, 호랑이 아저씨. 저 좀 살려주세요!"

호랑이가 눈을 번쩍거리며 토끼를 바라보고 싱그레 웃었습니다.

"허허허, 내 먹잇감이 제 발로 굴러오는구나. 어흥!"

토끼가 호랑이 품속으로 바람처럼 파고들었습니다. 그 뒤를 커다란 곰과 늑대가 달려오다가 딱 멈춰 섰습니다.

늑대가 말했습니다.

"미련한 놈, 우리가 무섭다고 도망쳐서 겨우 더 무서운 호랑이 아가리로 들어가다니!

으히히히."

곰도 한마디 했습니다.

"토끼 놈은 귀만 크고 머리는 돌대가리라니까. 우리한테 잡혀 먹히지 않겠다고 달아나서 겨우 호랑이 아가리로 들어가다니, 흐흐흐."

호랑이가 품에 들어온 토끼를 무서운 눈으로 들여다보며 물었습니다.

"이놈아, 내가 누군지 아느냐?"

"호랑이 아저씨잖아요."

"허허허, 내가 얼마나 무서운지 아느냐?"

"알아요."

"안다면서 나한테 살려달라고 왔단 말이냐?"

"예, 호랑이 아저씨."

"도토리만한 놈이 간도 크구나. 내가 얼마나 무서운 줄을 알면서도 나한테 달려들다니. 미련한 놈, 으흐흐흐."

"호랑이 아저씨, 궁조입회(窮鳥入懷)라는 말 아시지요?"

"이놈아, 나 같은 호랑이가 그런 유식한 말을 어떻게 아느냐?"

"호랑이 아저씨는 동물의 왕이잖아요."

"왕이면 다냐? 네가 아는 대로 말해 보아라."

"포수가 새를 잡으려고 총을 겨누면 위기에 몰린 새가 달아나지 않고 포수 품으로 날아든다는 말이에요."

"음, 포수가 총 한 방 안 쏘고 새를 잡아먹는단 말이로구나."

"아니에요. 포수는 날아든 새가 귀여워서 먹이도 주고 쓰다듬어 주고 새장도 만들어서 행복하게 해 준다는 거예요."

"허허, 귀만 큰 줄 알았더니 아는 것도 제법이로구나. 네 말을 들으니 내가 널 잡아먹을 수가 없잖으냐?"

"호랑이 아저씨, 배고프시면 저를 언제든지 잡아 잡수세요. 미련한 곰이나 못된 늑대한테 잡혀 먹히는 것보다 호랑이 아저씨의 밥이 되는 게 훨씬 기뻐요. 호호호."

토끼를 우리 먹이로 주세요

"하하하, 놈이 귀여운 소리만 하는구나."

이때 호랑이 품에서 호호거리고 웃는 토끼를 바라보고 있던 곰이 말했습니다.

"호랑이 형, 그 토끼는 저희들 먹이로 해주시지요. 형님 먹이로는 너무 작아요."

늑대도 말했습니다.

"토끼 같은 작은 것들은 형님 먹이로는 안 어울립니다."

호랑이가 말했습니다.

"그럼, 내 먹잇감으로는 어떤 것이 좋으냐?"

"얼룩말이나 코끼리나 낙타같이 큰 것들을 잡아먹어야 어울리십니다."

"음, 그런 것들이 없을 때는 뭘 잡아먹으랴?"

곰이 대답했습니다.

“산돼지도 있고 노루도 있으니 아무것이나 잡아 잡수셔야지요.”

“그런 것들이 없을 때는 어떻게 하랴?”

“할 수 없지요. 작지만 그 토끼라도…….”

“이놈들아, 너희가 궁조입회라는 말을 아느냐?”

“궁조? 궁조……, 그게 무슨 소리입니까?”

“토끼만도 못한 무식한 놈들. 내가 하라는 대로 하면 토끼를 내어주마.”

토끼를 주는 조건

곰과 늑대가 좋아서 벙글거리며 대답했습니다.

"정말이십니까?"

"너 같은 것들한테 거짓말을 하겠느냐? 대신 내 말을 꼭 지켜야 한다. 알겠느냐? 하라는 대로 안 하면 너희를 잡아먹을 것이다."

곰이 방둥이를 씰룩씰룩 흔들면서 대답했습니다.

"좋습니다. 말씀만 하십시오."

호랑이가 늑대한테 눈길을 보내자 늑대도 대답했습니다.

"말씀만 하십시오. 맹세합니다."

"좋다. 이제부터 누구한테 토끼를 내주면 좋을지 결정하겠다. 둘이 싸워서 이기는 놈한테 토끼를 내어주겠다. 자, 싸워라!"

곰과 늑대가 놀라서 한 목소리로 소리쳤습니다.

"네?!!"

"둘이 싸워서 이기는 놈한테 토끼를 내준다고 했다. 싸우지 않으면 당장 둘 중에 한 놈을 잡아먹을 것이다. 죽기 싫으면 싸워라. 알겠느냐?"

곰이 늑대를 보고 눈을 하얗게 흘겼습니다. 늑대도 곰을 노려보며 앞발을 쳐들었습니다. 곰이 화난 소리를 질렀습니다.

"어우웅! 훅훅!"

늑대도 눈을 부릅뜨고 부르짖었습니다.

먹이를 얻기 위한 싸움

"캉! 카캉캉! 으우욱!"

늑대가 먼저 앞발로 곰의 콧등을 할퀴었습니다. 한 방 맞은 곰이 사나운 눈빛을 뿜으며 늑대를 번쩍 들어 메어쳤습니다. 땅바닥을 한 바퀴 뒹군 늑대가 일어서며 곰의 뒷다리를 물고 늘어졌습니다. 곰도 늑대 꼬리를 물었습니다.

뒷발 물린 곰이 늑대 꼬리를 끊어져라 꽉 깨물었습니다. 늑대가 물었던 입을 벌리고 캑캑 소리를 치면서 나뒹굴었습니다. 나뒹군 늑대가 곰의 뒷다리를 다시 물었습니다. 곰과 늑대는 물고 물린 채 어웅! 캬캭! 이리저리 어지럽게 뒹굴었습니다.

토끼가 물었습니다.

"호랑이 아저씨, 누가 이길까요?"

"두고 보자."

"곰이 이길 것 같지 않아요, 호랑이 아저씨?"

곰과 늑대는 한나절을 싸우다가 지쳐서 물었던 입을 벌리고 피를 흘리며 제각기 떨어져 벌러덩 나뒹굴었습니다. 호랑이는 곰과 늑대가 흘린 피를 보고 빙긋이 웃었습니다.

"미련한 놈들. 토끼 하나를 먹자고 피를 흘리다니, 흐흐흐."

곰은 눈을 희번득거리며 헉헉대고, 늑대는 네 다리를 쭉 뻗고 벌러덩 자빠져 꼼짝도 하지 않았습니다.

형님 고맙습니다

호랑이가 늑대 곁으로 가서 앞발로 늑대를 툭툭 쳤습니다. 늑대는 꼼짝도 하지 않았습니다. 그러나 곰은 숨을 헐떡거리며 눈을 껌벅껌벅하고 호랑이를 향해 말했습니다.

"호랑이형, 내가 이겼지? 토끼는 내 거야. 그렇지 형?"

호랑이가 토끼를 돌아보고 물었습니다.

"토끼야, 곰이 너를 먹겠단다. 어떠냐?"

"싫어요. 난 호랑이 아저씨 거예요."

"그래도 곰이 이겼으니 약속을 지켜야 할 것 아니냐."

곰이 일어서지도 못하면서 좋아서 흐흐거렸습니다.

"으흐흐흐. 호랑이형님 의리가 고맙습니다."

호랑이가 대답했습니다.

"이제 한 가지 조건을 더 내놓겠다. 일어나서 토끼하고 저 산 위에 있는 큰 바위를 한 바퀴 돌아오너라. 네가 먼저 돌아오면 토끼를 내주고 토끼가 먼저 돌아오면 내가 너를 잡아먹겠다."

곰이 일어서려다가 '쿵!' 하고 쓰러지면서 울상을 지었습니다.

"호랑이형님, 저는 일어설 수가 없습니다."

"그러면 토끼하고 경주를 못하겠다는 것이냐?"

"지금은……."

"그러면 토끼도 내줄 수 없다."

호랑이가 죽어 자빠진 늑대를 보고 말했습니다.

"흐흐흐, 오늘은 저 늑대를 먹고 내일은 곰을 잡아먹어야겠다. 토끼야, 네 덕에 포식을 하게 되었다. 고맙다.

호호호."

곰이 놀라 소리쳤습니다.

"호랑이형, 지금 무슨 소리를 하고 있어? 나까지 잡아먹겠다고? 그건 안 돼!"

토끼가 호랑이한테 사정했습니다.

"호랑이 아저씨, 곰 아저씨는 아직 살아 있지 않아요? 많이 아플 거예요. 살려주세요."

호랑이가 사랑이 가득한 눈으로 토끼를 쓰다듬었습니다.

"호호호, 요 녀석이 얼굴만 예쁜 줄 알았더니 맘씨도 예쁘구나. 알았다. 네가 그렇게 사정하니 소원대로 곰은 살려주마."

이 소리에 곰이 눈물을 흘리면서 토끼한테 말했습니다.

"토끼야 고맙다. 네 은혜 잊지 않을게. 내가 일어나면 너를 날마다 업어주마. 호랑이형, 고마워."

"호호호 알았으니 네가 나으면 토끼한테 신세를 갚아라."

호랑이는 늑대를 잡아먹고 불룩한 배를 쓰다듬으며

큰 나무 밑으로 가서 벌렁 누우며 토끼한테 일렀습니다.

"난 배가 부르면 잠이 온다. 한숨 잘 테니 곰을 잘 지켜라."

신기한 약초

호랑이가 쿨쿨 자고 있을 때 나무 위에서 큰 뱀이 혀를 날름거리며 내려와 호랑이 등을 꽉 물고 똬리를 틀었습니다. 뱀이 물자 호랑이가 깜짝 놀라 몸을 흔들었지만 뱀은 꼼짝 않고 달라붙어 독을 뿜어댔습니다. 잠깐 사이에 호랑이 등이 퉁퉁 부어올랐습니다. 토끼가 울먹이는 소리로 말했습니다.

"호랑이 아저씨, 아저씨 어떡해요? 아주 큰 뱀이에요."

그 소리에 눈을 감고 있던 곰이 고개를 쳐들고 바라보다가 놀라면서 토끼한테 말했습니다.

"저건 아주 독한 뱀이다. 그냥 두면 호랑이형님이 죽는다."

"곰 아저씨, 어떡하지요?"

"나도 일어설 힘이 없어서 도울 수가 없다. 내 말대로 해라. 저 산 꼭대기에 큰 바위가 보이지? 그 바위 밑에 가면 잎사귀가 일곱에 빨간 꽃 세 개가 달린 풀이 있다. 그 풀을 칠엽삼홍초라고 한다. 그 풀을 뜯어다 뱀한테 대면 뱀이 죽는다. 빨리 올라가 칠엽삼홍초를 뜯어 오너라."

"네, 아저씨 고마워요. 빨리 가서 뜯어오겠어요."

토끼는 있는 힘을 다해 산꼭

대기를 향해 달렸습니다. 큰 바위 가까이 가 보니 파란 잎사귀 위에 빨간 꽃이 달린 풀이 보였습니다.

만신창이가 된 토끼

토끼가 바위 밑으로 들어가 풀을 뜯으려는 순간 바위에 붙은 벌집에서 왕벌들이 와르르 달려들어 토끼를 공격했습니다. 토끼는 순식간에 벌이 달라붙어 온몸이 새까만 토끼가 되었습니다. 귀가 찢어지는 듯 아프고 등과 다리가 저렸습니다. 그래도 토끼는 칠엽삼홍초를 뜯어 물고 비탈을 데굴데굴 굴렀습니다.

등에 붙은 벌떼들이 떨어져 나갔으나 귀에 붙은 벌들은 귓속까지 파고들며 쏘아댔습니다. 토끼는 입에 물고 있는 칠엽삼홍초를 놓치지 않으려고 입을 악문 채 눈물을 흘리며 산비탈을 계속 구르고 또 굴렀습니다. 벌에 쏘인 등에 가시가 박히고 풀숲에 찔린 다리에서 피가 났습니다.

높은 산을 다 내려왔을 때는 벌들이 모두 떨어져 나갔습니다. 그러나 가시에 찔리고 풀에 긁힌 몸뚱이는 피로 얼룩져 토끼가 빨간 토끼로 변했습니다. 토끼가 가까스로 기어서 호랑이 가까이 다가갔을 때 호랑이의 울음소리가 들렸습니다.

"아이구우! 나 죽는다. 아이구 어으흐흐응!"

호랑이가 퉁퉁 부은 채 몸을 꼬면서 우는데 뱀은 눈을 부릅뜨고 더 무서운 기세로 호랑이 등을 공격하고 있었습니다. 힘이 없어서 일어서지 못하는 곰이 머리만 쳐들고 소리쳤습니다.

"토끼야, 빨리 그 풀을 뱀한테 대라!"

은혜 입은 호랑이

토끼가 달려들어 약초를 뱀한테 대는 순간 뱀이 똬리를 풀며 기다란 장대처럼 쭉 뻗었습니다. 그리고 피를 흘리며 바닥으로 굴러 떨어졌습니다. 그 순간 놀랍게도 퉁퉁 부어올랐던 곳이 가라앉고 괴로워하던 호랑이가 정신을 차렸습니다.

"토끼야 고맙다. 네가 나를 살렸다."

"호랑이 아저씨, 저한테 고맙다고 하지 말고 곰 아저씨한테 고맙다고 하셔요. 곰 아저씨가 약초를 가르쳐 주어서 뜯어왔어요. 곰 아저씨가 아니었으면 호랑이 아저씨는 죽었을 거여요."

호랑이가 곰한테 고맙다는 눈길을 보냈습니다.
"곰아, 고맙다. 고마워! 이 은혜 잊지 않으마."
곰이 씨익 웃으며 말을 받았습니다.
"호랑이형, 나보다 토끼가 아니었으면 형은 죽었을 거야. 저 토끼 꼴 좀 봐. 곱던 털이 빨갛게 물들지 않았어?"
호랑이가 토끼를 사랑스럽게 앞발로 쓰다듬었습니다. 
"네가 고생했다. 귀도 등도 상처투성이로구나. 네 상처는 내가 핥아주면 바로 낫는다. 내 침이 약이다."
호랑이가 혀로 토끼 등과 귀와 배, 다리를 핥아주었습니다.
토끼가 감격하여 말했습니다.
"호랑이 아저씨, 저보다 건강해지셔서 고맙습니다."

나를 호랑이라 하지 말아다오

호랑이가 곰과 토끼를 돌아보며 말했습니다.

"네가 곰을 살리고 곰은 나를 살렸으니 은혜 위에 은혜로다. 이렇게 기쁜 일이 어디 있느냐. 으흐 하하하."

토끼도 깔깔거리며 좋아했습니다.

"호랑이 아저씨, 곰 아저씨, 고맙습니다."

이때 호랑이가 너그럽게 웃으며 말했습니다.

"예쁜 토끼야, 나 보고 호랑이, 호랑이 하지 마라. 사람들이 가장 싫어하고 무서워하는 게 호랑이라는 소리다. 난 그 소리가 싫다."

이때 곰도 한마디 했습니다.

"흐흐 크크웅, 사람들이 곰이라고 하는 소리가 나도 싫다. 사람들은 미련 바보 곰탱이를 곰이라고 한다. 내가 왜 곰탱이냐. 너까지 나를 곰 아저씨라고 하는 건 싫다."

호랑이가 번쩍거리는 눈으로 둘을 번갈아 보며 말했습니다.

"사람들은 예쁜 아기를 보면 토끼같이 예쁘다고 한다. 그럴 때마다 토끼가 부러웠느니라. 토끼야, 이제부터 곰 아저씨, 호랑이 아저씨 하고 부르지 말아다오. 나는 너를 좋아하는데 네가 나를 호랑이라고 부르면 너하고 나 사이에 거리가 생기는 느낌이 들어서 싫다. 호호호."

너는 내가 되고 나는 네가 되고

곰도 턱을 주억거리며 말했습니다.

"맞아요, 형님. 나도 토끼가 곰 아저씨라고 부를 때마다 나는 곰 너는 토끼? 하고 섭섭한 생각이 들어요. 이제부터는 토끼가 그냥 아저씨라고 불렀으면 좋겠습니다."

호랑이도 고개를 끄덕거리며 싱글벙글 대답했습니다.

"아우 말이 맞다. 토끼야, 이제부터 우리를 부를 때는 그냥 아저씨라고 불러라. 그러면 너는 내가 되고 나는 네가 되는 거 아니겠느냐. 우리 사이에 벽을 헐고 살자. 어떠냐?"

곰이 앞발로 박수를 치며 말했습니다.

"우우우, 짱! 아주 마음에 딱 드는 말씀입니다. 이제부터 나는 호랑이형이라고 부르지 않고 그냥 형님이라고 하겠습니다. 호랑이형님도 저를 그냥 아우라고 불러주십시오."

호랑이가 크게 웃으며 앞발을 높이 쳐들고 산이 쩌렁쩌렁 울리는 소리로 만세를 불렀습니다.

"으흐흐 하하하! 오늘부터 우리는 곰도 토끼도 호랑이도 아닌 한 형제다. 만세! 만세 만만세! 어흐흥!"

만세 소리는 봉우리마다 만세, 만세 메아리치고, 산속 나무들도 이파리마다 반짝반짝 웃고, 산새들도 몰려와 노래를 부르며 춤을 추어 깊은 산속은 평화와 사랑으로 가득했습니다.

물어보기

어떤 이야기가 가장 재미있나 순번 쓰기

1. 엄마가 장롱 안에 숨었어요.(   )
2. 촌뜨기 새까만 촌놈(   )
3. 금붕어의 사랑 (   )
4. 호랑이를 살려준 토끼(   )

어떤 이야기가 왜 재미있었나요? 적어 보세요

엄마가 장롱 안에 숨었어요

2019년 9월 10일 1판 1쇄 인쇄
2019년 9월 15일 1판 1쇄 발행
저　　자 심 혁 창
교　　열 이 영 규
발행자 심 혁 창

발 행 처　도서출판 한글
서울특별시 마포구 신촌로 270(아현동)
수창빌딩 903호 우 04116
☎ 02-363-0301 / FAX 362-8635
E-mail : simsazang@hanmail.net
창　　업 1980. 2. 20.
이전신고 제2018-000182

* 파본은 교환해 드립니다
* 정가 10,000원

ISBN 97889-7073-545-0-43830

4×6배판 올 칼라 / 이야기나라 웃는곰 심혁창 종이책

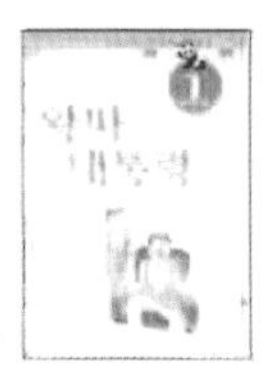

왕따 대통령

4×6배판 / 80쪽 / 올 컬러 /
값 10,000원

자랑스러운 한글과 더불어
한글숫자가 있었더라면…

우리아빠는 국회의원 감이 아니에요

4×6배판 / 80쪽 / 올 컬러 /
값 10,000원

어른들이 배워야 할 공정하고
아름다운 어린이
모범선거 이야기

왕호랑이와 임금님

4×6배판 / 80쪽 / 올 컬러 /
값 10,000원

동물사랑과 호랑이 세계의
질서를 배운다

행복을 파는 할아버지

4×6배판 / 64쪽 / 올 컬러 /
값 10,000원

할아버지가 파는 행복을
아이들한테 안겨주어요

두꺼비 공주

4×6배판 / 80쪽 / 올 컬러 /
값 10,000원

아름다운 사람은 어떤것인가?
악인은 물러가야 한다

귀밝은 임금님

4×6배판 / 80쪽 / 올 컬러 /
값 10,000원

귀가 아주 밝은 임금님이
백성들에게 사랑의 정치를
베푸는 이야기

나는 어린왕자

4×6배판 / 80쪽 / 올 컬러 /
값 10,000원

사회적 지위와 높은 인물이
공직을 떠나 겸손하게
서민사회에 파고 들어 골목
청소를 하는 존경스런 이야기

헌 책방 할아버지

4×6배판 / 64쪽 / 올 컬러 /
값 10,000원

새것만 좋아하고 귀한
문화재를 버리는 습관을
경계한 동화

과학귀신의 전략

4×6배판 / 64쪽 / 올 컬러 /
값 10,000원

과학을 지나치게 의존하면
어떤 결과가 올 것인가를
생각하게 하는 동화

으라차차! 뚜벅이

4×6배판 / 80쪽 / 올 컬러 /
값 10,000원

뚜벅이와 절뚝이가
서로 위로하고
우정을 나누는 이야기

행복이 주렁주렁

4×6배판 / 64쪽 / 올 컬러 /
값 10,000원

아름다운 비밀을 가진 사람은
행복하다

꽃사슴과 할머니

4×6배판 / 64쪽 / 올 컬러 /
값 10,000원

산속에 사는 노부부와
꽃사슴이 어울려 함께 사는
사랑 이야기

울지마 엄마

4×6배판 / 80쪽 / 올 컬러 /
값 10,000원

동물이 엄마를 사랑하는 것과
사람이 엄마를 사랑하는
마음의 깊이가 같다는 이야기

왕따 호랑이

4×6배판 / 80쪽 / 올 컬러 /
값 10,000원

고양인 줄 알고 키우다 보니
호랑이었다
호랑이가 자라서 사람 은혜를
갚는다 는 이야기

거지 할머니

신국판 / 80쪽 /
값 8,000원

부자 할머니가 거지 차림으로
착한 아이를 찾아 길로 나서서
천사같은 아이를 만난 이야기